壬辰年夏知津堂據
宋刻本影印

圖書在版編目（CIP）數據

荀子／（戰國）荀況撰；（唐）楊倞注．— 影印本．— 合肥：黃山書社，2012.7

ISBN 978-7-5461-2932-7

Ⅰ．①荀… Ⅱ．①荀… ②楊… Ⅲ．①儒家②《荀子》— 注釋 Ⅳ．① B222.62

中國版本圖書館 CIP 數據核字 (2012) 第 160310 號

ISBN 978-7-5461-2932-7

9 787546 129327 >

宋刻本 荀子

策劃／任耕耘
責任編輯／湯吟菲
責任印制／李曉明
出版發行／黃山書社
社址／合肥市政務文化新區翡翠路一一一八號出版傳媒廣場
印刷／揚州文津閣古籍印務有限公司
經銷／新華書店
開本／七〇〇×一六〇〇毫米 八開
印張／一一一・五
版次／二〇一二年八月第一版第一次印刷
標準書號／ISBN 978-7-5461-2932-7
定價／壹仟玖佰捌拾圓（全七冊）

（戰國）荀況撰 （唐）楊倞注

荀子

黃山書社

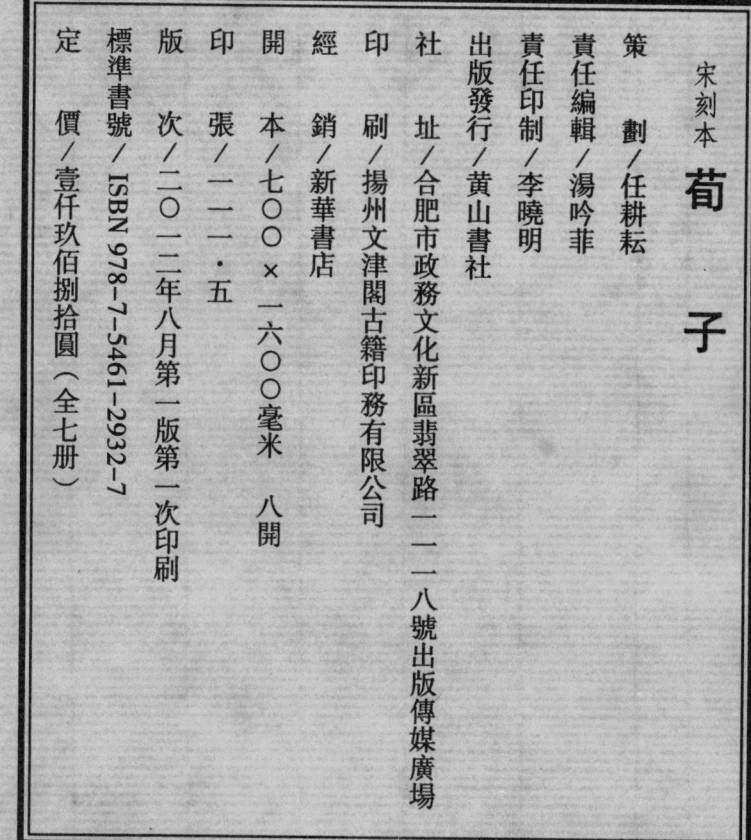

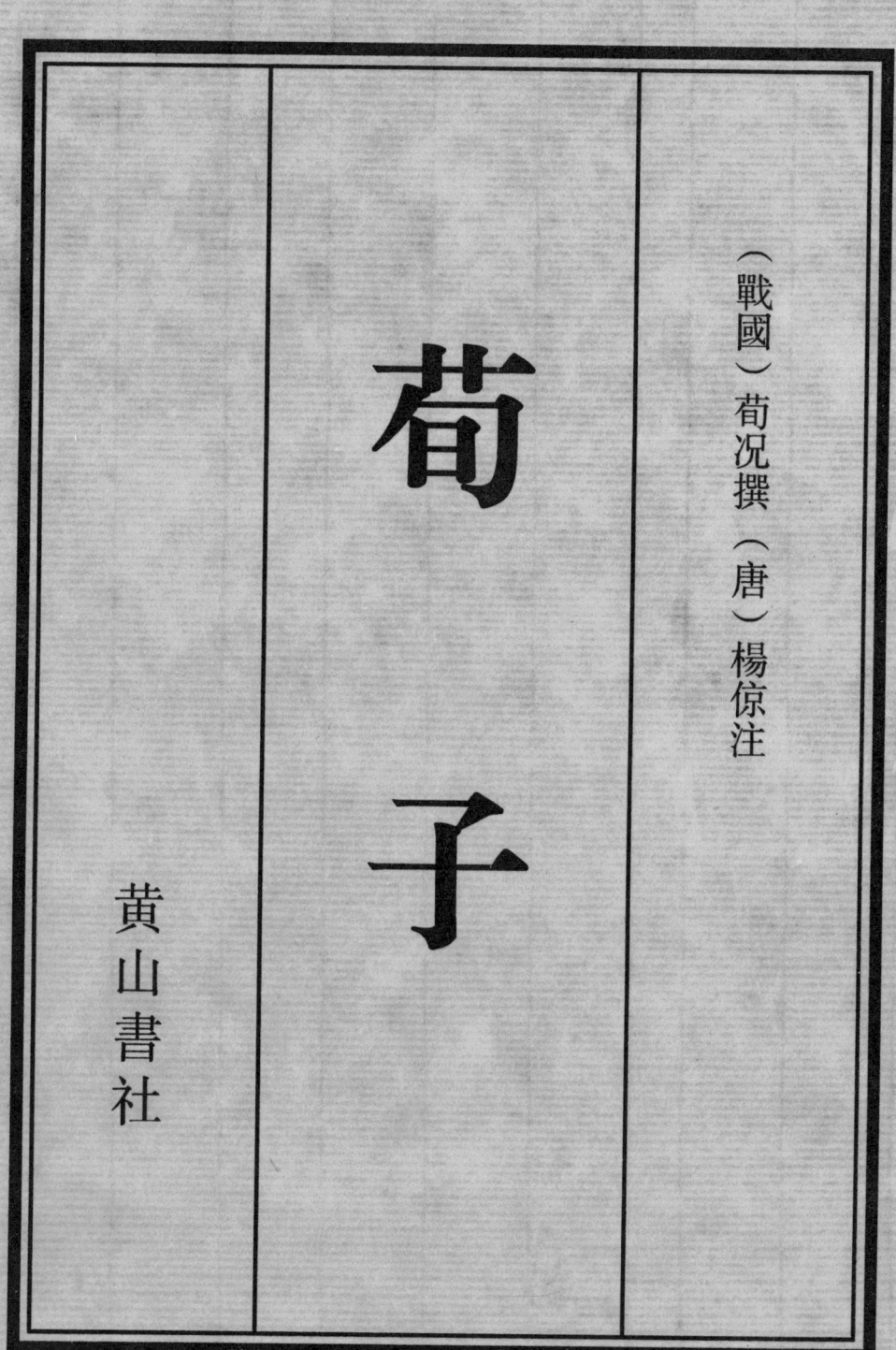

荀子序

昔周公稽古三五之道損益夏殷之典制禮作樂以仁義理天下其德化刑政存乎詩至于幽厲失道始變風變雅作矣平王東遷諸矦力政逮五霸之後則王道不絕如綫故仲尼定禮樂作春秋然後三代遺風弛而復張而無時無位功烈不得被于天下但門人傳述而已陵夷至于戰國於是申商苛虐孫吴變詐以族論罪殺人盈

城談說者又以慎墨蘇張爲宗則孔氏之道幾乎息矣有志之士所爲痛心疾首也故孟軻闡其前荀卿振其後觀其立言指事根極理要敷陳往昔掎音几挈當世撥亂興理易於反掌眞名世之士王者之師又其書亦所以羽翼六經增光孔氏非徒諸子之言也蓋周公制作之仲尼祖述之荀

孟贊成之所以膠固王道至深至備雖春
秋之四夷交侵戰國之三綱弛絕斯道竟
不墜矣倞以末宦之暇頗窺篇籍竊感炎
黃之風未洽於聖代謂荀孟有功於時政
尤所耽慕而孟子有趙氏章句漢代亦嘗
立博士傳習不絕故今之君子多好其書
獨荀子未有注解亦復編簡爛脫傳寫謬
誤雖好事者時亦覽之至於文義不通屢

掩卷焉夫理曉則愜心文舛則忤意未知
者謂異端不覽覽者以脫誤不終所以荀
氏之書千載而未光焉輒用申抒鄙思敷
尋義理其所徵據則博求諸書但以古今
字殊齊楚言異事資參考不得不廣或取
偏傍相近聲類相通或字少增加文重刊
削或求之古字或徵之方言加以孤陋寡儔
愚昧多蔽穿鑿之責於何可逃曾未足粗明

先賢之旨適增其蕪穢耳蓋以自備省覽非敢傳之將來以文字煩多故分舊十二卷三十二篇爲二十卷又改孫卿新書爲荀子其篇第亦頗有移易使以類相從云時歲在戊戌大唐睿聖文武皇帝元和十三年十二月也

荀子卷第一

登仕郎守大理評事楊倞注

勸學篇第一

君子曰學不可以已青取之於藍而青於藍冰水爲之而寒於水（以喻學則才過其本性也）木直中繩輮以爲輪其曲中規雖有槁暴不復挺者輮使之然也（輮屈槁枯暴乾挺直也晏子春秋作不復贏矣）故木受繩則直金就礪則利君子博學而日參省乎己則智明而行無過矣（參三也曾子曰日三省吾身行下孟反）故不登高山不知天之高也不臨深谿不知地之厚也不聞先王之遺言不知學問之大也（大謂有益於人）干越夷貉之子生而同聲長而異俗教使之然也（干越猶言吳越呂氏春秋荆有次非得寶劒於干越高誘曰吳邑也貉東北夷同聲謂啼聲同貉莫革反）詩曰嗟爾君子無恒安息靖共爾位好是正直神之聽之介爾景福（詩小雅小明之篇靖謀介助景大也無恒安息戒之不使懷安也言能謀恭其位好正直之道則神聽而助之福引此詩以喻勤學也）

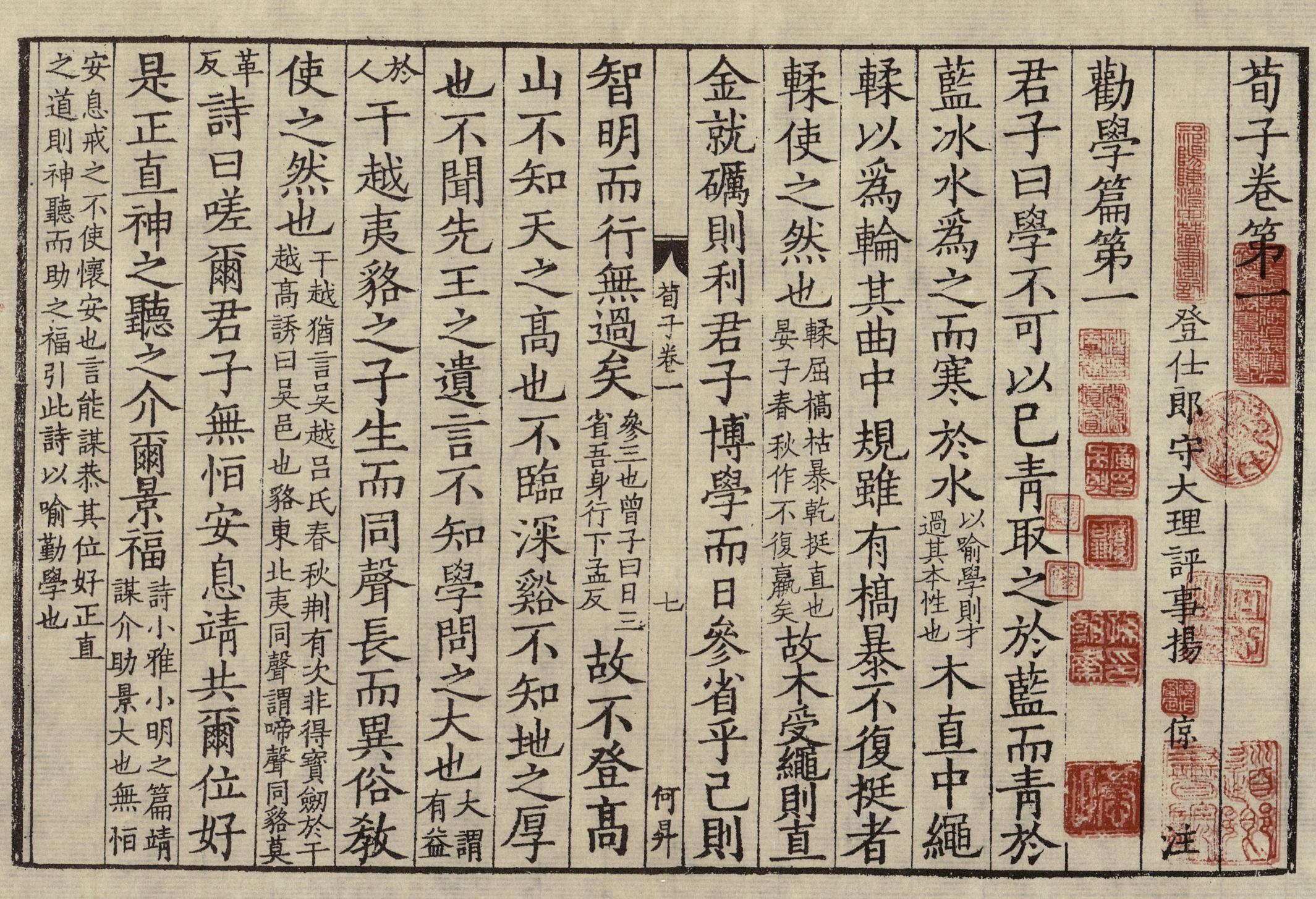

神莫大於化道福莫長於無禍（爲學則自化道故神莫大焉脩身則自無禍故福莫長焉）吾嘗終日而思矣不如須臾之所學也吾嘗跂而望矣不如登高之博見也（跂舉足也）登高而招臂非加長也而見者遠順風而呼聲非加疾也而聞者彰假輿馬者非利足也而致千里假舟檝者非能水也而絕江河（能善絕過）君子生非異也善假於物也（皆以喻脩身在假於學生非異言與衆人同也）

南方有鳥焉名曰蒙鳩以羽爲巢而編之以髮繫之葦苕風至苕折卵破子死巢非不完也所繫者然也（蒙鳩鷦鷯也苕葦之秀也今巧婦鳥之巢至精密多繫於葦竹之上是也蒙當爲蔑方言云鷦鷯自關而西謂之桑飛或謂之蔑雀或曰一名蒙鳩亦以其愚也言人不知學問其所置身亦猶繫葦之危也說苑客謂孟嘗君曰鷦鷯巢於葦苕箸之以髮可謂完堅矣大風至則苕折卵破者何也所託者然也）西方有木焉名曰射干莖長四寸生於高山之上而臨百仞之淵木莖非能長也所立者然也（本草藥名有射干一名烏扇陶弘景云花白莖長如射人之執竿又引阮公詩云射干臨層城是生於高處也據本草在草部中又生南陽川谷此云西方有木未詳或曰長四寸即是草云木誤也蓋生南陽亦生西方也射音夜）蓬生

麻中不扶而直蘭槐之根是爲芷其漸之滫君子不近庶人不服其質非不美也所漸者然也蘭槐香草其根是爲芷也本草白芷一名白茝陶弘景云即離騷所謂蘭茝也蓋苗名蘭茝根名芷也蘭槐當是蘭茝別名故云蘭槐之根是爲芷也漸漬也染也滫溺也言雖香草浸漬於溺中則可惡也漸子廉反滫思酒反故君子居必擇鄉遊必就士所以防邪僻而近中正也物類之起必有所始榮辱之來必象其德肉腐生蟲魚枯生蠹怠慢忘身禍災乃作强自取柱柔自取束凡物强則以爲柱而任勞柔則見束而約急皆其自取也

邪穢在身怨之所構構結也言亦所自取施薪若一火就燥也布薪於地均若一火就燥而焚之矣平地若一水就溼也草木疇生禽獸羣焉物各從其類也疇與儔同類也是故質的張而弓矢至焉林木茂而斧斤至焉所謂召禍也質射侯的正鵠也樹成蔭而衆鳥息焉醯酸而蜹聚焉喻有德則慕之者衆故言有召禍也行有招辱也君子慎其所立乎禍福如此不可不慎所立所立即謂學也積土成山風雨興焉積水成淵蛟龍生焉

積善成德而神明自得聖心備焉（神明自得謂自通於神明）故不積蹞步無以至千里（半步曰蹞蹞與跬同）不積小流無以成江海騏驥一躍不能十步駑馬十駕（言駑馬十度引車則亦及騏驥之一躍據下云駑馬十駕則亦及之此亦當同疑脫一句）功在不舍鍥而舍之朽木不折鍥而不舍金石可鏤（言立功在於不舍舍與捨同鍥刻也苦結反春秋傳曰陽虎借邑人之車鍥其軸）螾無爪牙之利筋骨之强上食埃土下飲黃泉用心一也（螾與蚓同）蟹六跪而二螯非蛇蟺之穴無可寄託者用心躁也（跪足也韓子以刖足為刖跪螯蟹首上如鉞者許叔重說文云蟹六足二螯也）是故無冥冥之志者無昭昭之明無惛惛之事者無赫赫之功（冥冥惛惛皆專默精誠之謂也）行衢道者不至事兩君者不容（爾雅云四達謂之衢孫炎云衢交道四出也或曰衢道兩道也不至不能有所至下篇有揚朱哭衢涂今秦俗猶以兩為衢古之遺言歟）目不能兩視而明耳不能兩聽而聰螣蛇無足而飛（爾雅云螣螣蛇郭璞云龍類能興雲霧而遊其中也）梧鼠五技而窮（梧鼠當為鼫鼠蓋本誤為鼫字傳寫又誤為梧耳技才能也言技能雖多而不能如螣蛇專一故窮五技謂能飛不能上屋能緣不能窮木能游不能度谷能穴不能掩身能走不能先人）詩曰

尸鳩在桑其子七兮淑人君子其儀一兮
其儀一兮心如結兮故君子結於一也詩曹風尸
鳩之篇毛云尸鳩鴶鞠也尸鳩之養七子旦從上而下暮從下而上
平均如一善人君子其執義亦當如尸鳩之一執義一則用心堅固故
曰心如結也昔者瓠巴鼓瑟而流魚出聽瓠巴古之善鼓瑟者不知
何代人流魚中流之魚也列子云瓠巴鼓琴鳥舞魚躍伯牙鼓琴六馬仰秣伯牙古之
善鼓琴者亦不知何代人六馬天子路車之馬也漢書曰乾六車坤
六馬白虎通曰天子之馬六者示有事於天地四方也張衡西京賦
曰天子御雕軫六駿駮又曰六玄虯之奕奕齊騰驤而沛艾仰秣仰首而秣聽其聲也故聲無小而不
聞行無隱而不形形謂有形可見玉在山而草木潤
淵生珠而崖不枯爲善不積邪安有不聞

者乎崖岸枯燥學惡乎始惡乎終假設問也曰其數則始
乎誦經終乎讀禮數術也經謂詩書禮謂典禮之屬也其義則始
乎爲士終乎爲聖人義謂學之意言在乎脩身也眞積力久
則入眞誠也力力行也誠積力久則能入於學也學至乎沒而後止也生則不可
怠惰故學數有終若其義則不可須臾舍也爲
之人也舍之禽獸也故書者政事之紀也書所
以紀政事此說六經之意詩者中聲之所止也詩謂樂章所以節聲音至乎中而止不使

流湎也春秋傳曰中聲以降五降之後不容彈矣禮者法之大分羣類之綱

紀也禮所以爲典法之大分統類之綱紀類謂禮法所無觸類而長者猶律條之比附方書云齊謂法爲類也故學

至乎禮而止矣夫是之謂道德之極禮之敬

文也禮有周旋揖讓之敬車服等級之文也樂之中和也中和謂使人得中和悅也詩

書之博也博謂廣記土風鳥獸草木及政事也春秋之微也微謂襃貶沮勸微而顯志

而晦之類也在天地之間者畢矣

君子之學也入乎耳箸乎心布乎四體形乎

動靜所謂古之學者爲己入乎耳箸乎心謂聞則志而不忘也布乎四體謂有威儀潤身也形乎動靜謂知所措履也端

而言蝡而動一可以爲法則端讀爲喘喘微言也蝡微動也一皆也或

喘息微言或蝡蠢微動皆可以爲法則蝡人允反或曰端而言謂端莊而言也小人之學也入乎

耳出乎口所謂今之學者爲人道聽塗說也口耳之間則四寸曷足

以美七尺之軀哉韓侍郎云則當爲財與纔同

古之學者爲己今之學者爲人君子之學

也以美其身小人之學也以爲禽犢禽犢饋獻之物

也故不問而告謂之傲傲喧噪也言與戲傲無異或曰讀爲嗷嗷聲曰嗷嗷然也嗷

與敖通問一而告二謂之囋囋即讚字也謂以言强讚助之今贊禮謂之贊

嘖古字口與言多通傲嘖非也君子如嚮矣如響應聲學莫便乎近其人謂賢師也禮樂法而不說有大法而不曲說也詩書故而不切詩書但論先王故事而不委曲切近於人故曰學詩三百使於四方不能專對也春秋約而不速文義隱約襃貶難明不能使人速曉其意也方其人之習君子之說則尊以徧矣周於世矣當其人習說之時則尊高而徧周於世事矣六經則不能然矣故曰學莫便乎近其人

學之經莫速乎好其人隆禮次之學之大經無速於好近賢人若無其人則隆禮爲次之上不能好其人下不能隆禮安特將學雜識志順詩書而已爾則末世窮年不免爲陋儒而已安語助猶言抑也或作安或作按荀子多用此字禮記三年問作焉戰國策謂趙王曰秦與韓爲上交秦禍案移於梁矣秦與梁爲上交秦禍案攘於趙矣呂氏春秋吳起謂商文曰今置質爲臣其主安重釋璽辭官其主安輕蓋當時人通以安爲語助或方言耳特猶言直也雜識志謂雜記之書百家之說也言既不能好其人又不能隆禮直學雜說順詩書而已豈免爲陋儒乎言不知通變也

將原先王本仁義則禮正其經緯蹊徑也所成所出皆在於禮也若挈裘領詘五指而頓之順者不可勝數也言禮亦爲人之綱領挈舉也詘與屈同頓挈也順者不可勝數言禮皆順矣不道禮憲以詩書爲之道言說也憲標表也譬之猶

以指測河也以戈舂黍也以錐飡壺也不可以得之矣故隆禮雖未明法士也不隆禮雖察辯散儒也（散謂不自檢束莊子以不才木爲散木也）問楛者勿告也（楛與苦同惡也問楛謂所問非禮義也凡器物堅好者謂之功濫惡者謂之楛國語曰辨其功苦韋昭曰堅曰功脆曰苦故西京賦曰鬻良雜苦史記曰器不苦窳或曰楛讀爲沽儀禮有沽功鄭云沽麤也）告楛者勿問也說楛者勿聽也有爭氣者勿與辨也故必由其道至然後接之非其道則避之（道不至則不接）故禮恭而後可與言道之方辭順而後可與言道之理色從而後可與言道之致（致極也此謂道至而後接之也）故未可與言而言謂之傲（傲亦戲傲也論語曰言未及而言謂之躁）可與言而不言謂之隱不觀氣色而言謂之瞽故君子不傲不隱不瞽謹愼其身（瞽者不識人之顏色）詩曰匪交匪舒天子所予此之謂也（詩小雅采菽之篇匪交當爲彼交言彼與人交接不敢舒緩故受天子之賜予也）百發失一不足謂善射千里蹞步不至不足謂善御（未能全盡）倫類不通仁義不一不足謂

善學通倫類謂雖禮法所未該以其等倫比類而通之謂一以貫之觸類而長也一仁義謂造次不離他術不能亂也學也者固學一之也一出焉一入焉涂巷之人也或善或否其善者少不善者多桀紂盜跖也盜跖柳下季之弟聚徒九千人於太山之傍侵諸侯孔子說之而不入者也全之盡之然後學者也學然後全盡君子知夫不全不粹之不足以爲美也故誦數以貫之使習禮樂詩書之數以貫穿之思索以通之思求其意也爲其人以處之爲擇賢人與之處也除其害者以持養之使目非是無欲見也使耳非是無欲聞也使口非是無欲言也使心非是無欲慮也是猶此也謂學也或曰是謂正道也及至其致好之也目好之五色耳好之五聲口好之五味心利之有天下致極也謂不學極恣其性欲不可禁也心利之有天下之富也或曰學成之後必受榮貴故能盡其欲也是故權利不能傾也羣衆不能移也天下不能蕩也蕩動也覆說爲學則物不能傾移矣生乎由是死乎由是夫是之謂德操死生必由於學是乃德之操行德操然後能定能定然後能應我能定故能應物也能定能應

夫是之謂成人內自定而外應物乃爲成就之人也天見其明地見其光君子貴其全也見顯也明謂日月光謂水火金玉天顯其日月之明地顯其水火金玉之光君子則貴其德之全也

脩身篇第二

見善脩然必有以自存也脩然整飭貌言見善必自整飭使存於身也見不善愀然必以自省也愀然憂懼貌自省其過也善在身介然必以自好也介然堅固貌易曰介如石焉自好自樂其善也不善在身菑然必以自惡也菑讀爲災災然災害在身之貌故非我而當者吾師也是我而當者吾友也諂諛我者吾賊也故君子隆師而親友以致惡其賊致極也下同好善無猒受諫而能戒雖欲無進得乎哉小人反是致亂而惡人之非己也致不肖而欲人之賢己也心如虎狼行如禽獸而又惡人之賊己也諂諛者親諫爭者疏脩正爲笑至忠爲賊雖欲無滅亡得乎哉至忠反以爲賊詩曰潝潝訿訿亦孔之哀謀之其

臧則具是違謀之不臧則具是依此之謂也詩小雅小旻之篇毛云潝潝然患其上訿訿然不思稱乎上鄭云臣不事君亂之階也故甚可哀潝許急反訿音紫扁善之度以治氣養生則後彭祖以脩身自名則配堯禹扁讀爲辨韓詩外傳曰君子有辨善之度言君子有辨別善之法即謂禮也言若用禮治氣養生壽則不及於彭祖若以脩身自爲名號則壽配堯禹不朽矣言禮雖不能治氣養生而長於脩身自名以此辨之則善可知也彭祖堯臣名鏗封於彭城經虞夏至商壽七百歲也宜於時通利以處窮禮信是也信誠也言所用脩身及時通處窮禮誠是也孟子曰君子窮則獨善其身達則兼善天下凡用血氣志意知慮由禮則治通

不由禮則勃亂提僈提舒緩也爾雅媞媞安也詩曰好人提提皆舒緩之義也食飲衣服居處動靜由禮則和節不由禮則觸陷生疾容貌態度進退趨行由禮則雅不由禮則夷固僻違庸衆而野夷倨也論語曰原壤夷俟固陋也庸凡庸衆衆人野郊野之人故人無禮則不生事無禮則不成國家無禮則不寧詩云禮儀卒度笑語卒獲此之謂也詩小雅楚茨之篇卒盡也獲得也以善先人者謂之教以善和人者謂之順

先謂首唱也和胡卧反下同以不善先人者謂之諂以不善
和人者謂之諛諂之言陷也謂以佞言陷之諛與俞義同故爲不善和人也是是
非非謂之智能辨是爲是非爲非謂之智也非是是非謂之愚
以非爲是以是爲非則謂之愚傷良曰讒害良曰賊是謂是非
謂非曰直竊貨曰盜匿行曰詐易言曰誕
趣舍無定謂之無常不恒之人保利弃義謂之至
賊保安多聞曰博少聞曰淺多見曰閑閑習也能習其
事則不迫遽也少見曰陋難進曰偍偍與提媞皆同謂弛緩也易忘曰

漏少而理曰治多而亂曰秏少謂舉其要而有條理謂之治秏虛
竭也凡物多而易盡曰秏
治氣養心之術言以禮脩身是亦治氣養心之術不必如彭祖也血氣剛强
則柔之以調和智慮漸深則一之以易良
漸進也或曰漸浸也子廉反詩曰漸車帷裳言智慮深則近險詐故一之以易良也勇膽猛戾則
輔之以道順膽有膽氣戾忿惡也此性多不順故以道順輔之也齊給便利
則節之以動止爾雅云齊疾也齊給便利皆捷速也懼其太陵遽故節之使安徐也狹
隘褊小則廓之以廣大卑溼重遲貪利則

抗之以高志卑謂謙下溼亦謂自卑下如地之下溼然也方言溼憂也自關而西凡志而不得欲而不獲高而有墜行而中止皆謂之溼亦謂之過謙恭而無禮者重遲寬緩也夫過恭則無威儀寬緩常不及機事貪利則苟得故皆抗之高志也或曰卑溼亦爲遲緩也言遲緩之人如有卑溼之疾不能運動也庸衆駑散則刦之以師友庸衆已解上駑謂材下如駑馬者也散不拘撿者也刦奪去也言以師友去其舊性也怠慢僄弃則炤之以禍災僄輕也謂自輕其身也音匹妙反方言楚謂相輕薄爲僄炤之以禍災謂以禍災照燭之使知懼也炤與照同愚款端慤則合之以禮樂通之以思索款誠款也說文云款意有所欲也愚款端慤多無潤色故合之以禮樂此皆言脩身之術在攻其所短也凡治氣養心之術莫徑由禮莫要得師莫神一好經捷速也神神明也一好謂好善不怒惡也夫是之謂治氣養心之術也

志意脩則驕富貴道義重則輕王公內省而外物輕矣傳曰君子役物小人役於物此之謂也君子能役物小人爲物所役凡言傳曰皆舊所傳聞之言也身勞而心安爲之利少而義多爲之事亂君而通不如事窮君而順焉窮君小國迫脅之君也言事大國暴亂之君達道而通不如事小國之君順行其道也故良農不爲水旱不耕良賈不爲

折閲不市折損也閲賣也謂損所閲賣之物價也賈音古士君子不爲貧窮怠乎道

體恭敬而心忠信術禮義而情愛人術法也橫行天下雖困四夷人莫不貴橫行不順理而行也困窮也言所至皆貴也勞苦之事則爭先饒樂之事則能讓端慤誠信拘守而詳拘守謂守而勿失詳謂審於事也橫行天下雖困四夷人莫不任

體倨固而心執詐術順墨而精雜汙倨傲也固鄙固順墨當爲愼墨愼謂齊宣王時處士愼到也其術本黃老

歸刑名先申韓其意相似多明不尚賢不使能之道著書四十一篇墨翟宋人號墨子墨子著書三十五篇其術多務儉嗇精當爲情雜汙謂非禮義之言也橫行天下雖達四方人莫不賤勞苦之事則偷儒轉脫偷謂苟避於事儒亦謂懦弱畏事皆嬾惰之義或曰偷當爲輸揚子雲方言云儒輸愚也郭璞注謂懦撰也又云解輸儒謂懦之人苟求免於事之義饒樂之事則佞兌而不曲兌悅也言佞悅於人以求饒樂之事不曲謂直取之也辟違而不慤乖僻違背不能端慤誠信辟讀爲僻程役而不錄程功程役勞役錄檢束也於功程及勞役之事怠惰而不檢束言不能拘守而詳也橫行天下雖達四方人莫不弃

行而供冀非漬淖也供恭也冀當爲翼凡行自當恭敬非謂漬於泥淖也人在泥淖中則兢兢然或曰李巡注爾雅冀州曰冀近也恭近謂不敢放誕也行而俯頊非擊戾也擊戾謂頊曲戾不能仰者也擊戾猶言了戾也偶視而先俯非恐懼也偶視對視也然夫士欲獨脩其身不以得罪於此俗之人也

夫驥一日而千里駑馬十駕則亦及之矣將以窮無窮逐無極與其折骨絕筋終身不可以相及也將有所止之則千里雖遠

亦或遲或速或先或後胡爲乎其不可以相及也不識步道者將以窮無窮逐無極與意亦有所止之與步行夫堅白同異有厚無厚之察非不察也此言公孫龍惠施之曲說異理不可爲法也堅白謂離堅白也公孫堅白論曰堅白石三可乎曰不可二可乎曰可謂目視石但見白不知其堅則謂之白石手觸石則知其堅而不知其白則謂之堅石是堅白終不可合爲一也司馬彪曰堅白謂堅石非石白馬非馬也同異謂使異者同同者異或曰即莊子所謂大同而與小同異此之謂小同異言同在天地之間故謂之大同物各有種類所同故謂之小同是大同與小同異也此略舉同異故曰此之謂小同異莊子又曰萬物畢同畢異此之謂大同異言萬物總謂之物莫不皆同是萬物畢同若分而別之則人耳目鼻

口百體草木枝葉花實無不皆異是物畢異也此具舉同異故曰此之謂大同異莊子又曰無厚不可積也其大千里無厚謂厚之極不可爲厚薄也不可積言其委積至多不可復積也凡無厚不可積因於有厚可積故得其大千里千里者舉大之極也
然而君子不辯止之也止而不爲倚魁之行非不
難也然而君子不行止之也倚奇也奇讀爲奇偶之奇方言云秦晉之間凡物體全而不具謂之倚魁大也倚魁皆謂偏僻狂怪之行莊子曰南方有倚人曰黃繚也故學曰遲
彼止而待我我行而就之學曰謂爲學者傳此言也遲待也直吏反
則亦或遲或速或先或後胡爲乎其不可
以同至也故蹞步而不休跛鼈千里累土
而不輟丘山崇成厭其源開其瀆江河可
竭厭塞也音一涉反瀆水竇也一進一退一左一右六驥不致
言不齊故不能致道路也彼人之才性之相縣也豈若跛鼈
之與六驥足哉然而跛鼈致之六驥不致
是無他故焉或爲之或不爲爾
道雖邇不行不至事雖小不爲不成其爲
人也多暇日者其出入不遠矣多暇日謂怠惰出入謂道路所至也
好法而行士也好法而能行則謂之士士事也謂能治其事也篤志而體君

子也厚其志而知大體者也齊明而不竭聖人也齊謂無偏無頗也不竭不窮也書曰成湯克齊聖廣淵人無法則倀倀然倀倀無所適貌言不知所措履禮記曰倀倀乎其何之有法而無志其義則渠渠然渠讀爲遽古字渠遽通渠渠不寬泰之貌志識也不識其義謂但拘守文字而已依乎法而又深其類然後溫溫然深其類謂深知統類溫溫有潤澤之貌舉類君子所難故屢言之也禮者所以正身也師者所以正禮也無禮何以正身無師吾安知禮之爲是也禮然而然則是情安禮也師云而云則是知若師也情安禮知若師則是聖人也情安禮謂若天性所安不以學也行不違禮言不違師則與聖人無異言師法之效如此也故非禮是無法也非師是無師也無師謂不以師爲師不是師法而好自用譬之是猶以盲辨色以聾辨聲也舍亂妄無爲也舍除也除亂妄之人孰肯爲此也故學也者法禮也夫師以身爲正儀而貴自安者也效師之禮法以爲正儀如性之所安斯爲貴也禮或爲體詩云不識不知順帝之則此之謂也

詩大雅皇矣之篇引此以喻師法暗合天道如文王雖未知已順天之法則也

端愨順弟則可謂善少者矣弟與悌同加好學遜敏焉則有鈞無上可以爲君子者矣既好學遜敏又有鈞平之心而無上人之意則可以爲君子矣或曰有鈞無上四字衍耳偷儒憚事無廉恥而嗜乎飲食則可謂惡少者矣偷儒憚事皆謂懦弱怠惰畏勞苦之人也加惕悍而不順險賊而不弟焉韓侍郎云惕與蕩同字作心邊易謂放蕩兇悍也則可謂不詳少者矣雖陷刑戮可也詳當爲祥老老而壯者歸焉老老謂以老爲老而尊敬之也孟子曰伯夷太公二老者天下之大老也是天下之父也其父歸之其子焉往矣不窮窮而通者積焉窮者則寬而容之不迫蹙以苛政謂惠卹鰥寡窮匱也積塡委也既然則通者歸亦多矣覆巢毀卵則鳳皇不至竭澤涸魚則蛟龍不遊義與此同行乎冥冥而施乎無報而賢不肖一焉行乎冥冥謂行事不務求人之知施乎無報謂施不務報如此賢不肖同慕而歸之人有此三行雖有大過天其不遂乎若不幸而有過天亦祐之矣此固不宜有大災也

君子之求利也略其遠害也早其避辱也懼其行道理也勇

君子貧窮而志廣，富貴而體恭，安燕而血氣不惰，勞勧而容貌不枯，怒不過奪，喜不過予。予賜也。周禮八柄，三曰予以馭其幸。君子貧窮而志廣，隆仁也；仁愛之心厚，故所思者廣。言務於遠大濟物也。富貴而體恭，殺埶也；減權埶之威，故形體恭謹。殺，所介反。安燕而血氣不惰，柬理也；柬與簡同。言柬擇其事理所宜，而不務驕逸，故雖安燕而不至怠惰。勞勧而容貌不枯，好交也；以和好交接於物，志意常泰也。怒不過奪，喜不過予，是法勝私也。以公滅私，故賞罰得中也。書曰：無有作好，遵王之道；無有作惡，遵王之路。此言君子之能以公義勝私欲也。書洪範之辭也。

荀子卷第一

荀子卷第二

登仕郎守大理評事楊　倞　注

不苟篇第三

君子行不貴苟難說不貴苟察 行如字察聽察 名不貴苟傳唯其當之爲貴 當謂合禮義也當丁浪反 故懷負石而赴河是行之難爲者也而申徒狄能之 申徒狄恨道不行發憤而負石自沈於河莊子音義曰殷時人韓詩外傳曰申徒狄將自投於河崔嘉聞而止之不從 然而君子不貴者非禮義之中也 禮義之中時止則止時行則行不必枯槁赴淵也揚子雲非屈原曰君子遭時則大行不遇則龍蛇何必沈身 山淵平天地比 比謂齊等也莊子曰天與地卑山與澤平音義曰以平地比天則地卑於天若以宇宙之高則似天地皆卑天地皆卑則山與澤平矣或曰天無實形地之上空虛者盡皆天也是天地長親比相隨無天高地下之殊也在高山則天亦高在深泉則天亦下故曰天地比地去夫天遠近皆相似是山澤平也 齊秦襲 襲合也齊在東秦在西相去甚遠若以天地之大包之則曾無隔異亦可合爲一國也 入乎耳出乎口 未詳所明之意或曰即山出口也言山有耳口也凡呼於一山衆山皆應是山聞人聲而應之故曰入乎耳出乎口或曰山能吐納雲霧是以有口 鉤有須 未詳自齊秦襲入乎耳出乎口鉤有須皆淺學所未見或曰鉤有須即丁子有尾也丁之曲者爲鉤須與尾皆毛類是同也莊子音義云夫萬物無定形形無定稱在上爲首在下爲尾世人謂右行曲波爲尾今丁子二字雖左行曲波亦是尾也 夘有毛

司馬彪曰胎卵之生必有毛羽鷄伏鵠卵卵不爲鷄則生類於鵠也毛氣成毛羽氣成羽雖胎卵未生而毛羽之性已著矣故曰卵

有毛是說之難持者也而惠施鄧析能之皆異端曲說故

曰難持惠施梁相與莊子同時其書五車其道舛駁鄧析鄭大夫劉向云鄧析好刑名操兩可之說設無窮之辭數難子產爲政子

產執而戮之按左氏傳鄭駟歂殺鄧析而用其竹刑而云子產戮之恐誤也然而君子不貴

者非禮義之中也盜跖吟口名聲若日月

與禹舜俱傳而不息然而君子不貴者非

禮義之中也吟口吟咏長在人口也說苑作盜跖凶貪故曰君子行不

貴苟難說不貴苟察名不貴苟得唯其當

之爲貴詩曰物其有矣唯其時矣此之謂

也詩小雅魚麗之篇言雖有物亦須得其時以喻當之爲貴也

君子易知而難狎坦蕩蕩故易知不比黨故難狎易懼而難脅

小心而志不可奪也畏患而不避義死欲利而不爲所非

心以爲非則捨之交親而不比親謂仁恩比謂暱狎言辯而不辭辯足

以明事不至於騁辭蕩蕩乎其有以殊於世也與俗人有異

君子能亦好不能亦好小人能亦醜不能

亦醜君子能則寬容易直以開道人道與導同不

能則恭敬縛絀以畏事人縛與撙同絀與黜同謂自撙節貶損小人能則倨傲僻違以驕溢人溢滿不能則妬嫉怨誹以傾覆人故曰君子能則人榮學焉不能則人樂告之小人能則人賤學焉不能則人羞告之是君子小人之分也分異也如字

君子寬而不僈僈與慢同怠惰也廉而不劌廉稜也說文云劌利傷也但有廉隅不至於刃傷也辯而不爭察而不激但明察而不激切也寡立而不勝堅彊而不暴雖寡立而不能勝雖堅强而不兇暴柔從而不流恭敬謹愼而容不至於孤介也夫是之謂至文言德備詩曰溫溫恭人惟德之基此之謂也詩大雅抑之篇溫溫寬柔貌

君子崇人之德揚人之美非諂諛也正義直指舉人之過惡非毀疵也疵病也或曰讀爲訾言己之光美擬於禹舜參於天地非夸誕也與時屈伸柔從若蒲葦非懾怯也蒲葦所以爲席可卷者也剛彊猛毅靡所不信非驕暴也信讀爲伸下同古字通用以義變

應知當曲直故也以義隨變而應其所知當於曲直也詩曰左之左之君子宜之右之右之君子有之此言君子能以義屈信變應故也詩小雅裳裳者華之篇以能應變故左右無不得宜也君子小人之反也與小人相反君子大心則天而道天而道謂合於天而順道小心則畏義而節知則明通而類類謂知統類愚則端慤而法愚謂無機智也法謂守法度也見由則恭而止由用也止謂不放縱也或曰止禮也言恭而有禮也見閉則敬而齊謂閉塞道不行也敬而齊謂自齊整而不怨也喜則和而理憂則靜而理皆當其理通則文而明有文而彰明也窮則約而詳隱約而詳明其道也小人則不然大心則慢而暴小心則流淫而傾以邪諂事人也知則攫盜而漸漸進也謂貪利不知止也愚則毒賊而亂毒害也愚而無畏忌也見由則兊而倨兊悅也言喜於徼幸而倨傲也見閉則怨而險怨上而險賊也喜則輕而翾輕謂輕佻失據翾小飛也言小人之喜如小鳥之翾然許緣反或曰與懁同說文云懁急也憂則挫而懾通則驕而偏偏頗也窮則弃而儑弃自弃也儑當爲溼方言云溼憂也字書無儑字韓詩外傳作弃而累也傳曰君子兩進小人兩廢此之謂也

君子治治非治亂也曷謂耶曰禮義之謂治非禮義之謂亂也故君子者治禮義者也非治非禮義者也然則國亂將弗治與曰國亂而治之者非案亂而治之之謂也去亂而被之以治案據也舊亂而治之也荀子安案多爲語助與此不同也人汙而脩之者人有汙穢之行將脩爲善非案汙而脩之之謂也去汙而易之以脩故去亂而非治亂也去汙而非脩汙也治之爲名猶曰君子爲治而不爲亂爲脩而不爲汙也治之名號如此君子絜其辯而同焉者合矣絜脩整也謂不煩雜善其言而類焉者應矣出其言善千里之外應之故馬鳴而馬應之非知也其勢然也知音智故新浴者振其衣新沐者彈其冠人之情也言絜其身者懼外物之汙也猶賢者必不受不善人之汙者也其誰能以己之潐潐受人之掝掝者哉潐潐明察之貌潐盡謂窮盡明於事易曰窮理盡性掝當爲惑掝掝昏也楚詞曰安能以身之察察受物之昏昏者乎潐子誚反

君子養心莫善於誠無姦詐則心常安也致誠則無它事矣致極也極其誠則外物不能害唯仁之爲守唯義之爲行致其誠在仁義誠心守仁則形形則神神則能化矣誠心守於仁愛則必形見於外則下尊之如神能化育之矣化謂遷善也誠心行義則理理則明明則能變矣義行則事有條理明而易人不敢欺故能變改其惡也變化代興謂之天德既能變化則德同於天馴致於善謂之化改其舊質謂之變言始於化終於變也猶天道陰陽運行則爲化春生冬落則爲變也天不言而人推高焉地不言而人推厚焉四時不言而百姓期焉期謂知其時候夫此有常以至其誠者也至極也天地四時所以有常如此者由極其誠所致君子至德嘿然而喻未施而親不怒而威君子有至德所以嘿然不言而人自喻其意也夫此順命以愼其獨者也人所以順命如此者由愼其獨所致也愼其獨謂戒愼乎其所不睹恐懼乎其所不聞至誠不欺故人亦不違之也善之爲道者不誠則不獨無至誠則不能愼其獨也不獨則不形不能愼其獨故其德亦不能形見於外不形則雖作於心見於色出於言民猶若未從也雖從必疑若如也無至誠故雖出令民猶如未從者雖彊使之從亦必疑之也天地爲大矣不誠則不能化萬物

聖人爲知矣不誠則不能化萬民父子爲親矣不誠則疏君上爲尊矣不誠則卑（卑謂不爲在下所尊）夫誠者君子之所守也而政事之本也唯所居以其類至（所居所止也唯其所止至誠則以類自至謂天地誠則能化萬物聖人誠則能化萬民父子誠則親君上誠則尊也）操之則得之舍之則失之（操持）操而得之則輕（持至誠也而得之則易舉也詩曰德輶如毛）輕則獨行（舉至誠而不難則慎獨之事自行矣）獨行而不舍則濟矣（至誠在乎不已）濟而材盡長遷而不反其初則化矣（既濟則材性自盡長遷不反其初謂中道不廢也）

君子位尊而志恭心小而道大所聽視者近而所聞見者遠是何邪是操術然也（謂以近知遠以今知古所持之術如此也）故千人萬人之情一人之情是也（人情不相遠）天地始者今日是也百王之道後王是也（後王當今之王言後王之道與百王不殊行堯舜則是亦堯舜也）君子審後王之道而論於百王之前若端拜而議（端玄端朝服也端拜猶言端拱言君子審後王所宜施行之道而以百王之前比之若服玄端拜揖而議言其從容不勞也時人多言後世澆醨難以爲治故荀卿明之）推禮義之統分是非之分（上分如字）

下扶問反分之使當其分總天下之要治海內之衆若使一人故操彌約而事彌大約少也得其宗主也五寸之矩盡天下之方也矩正方之器也故君子不下室堂而海內之情舉積此者則操術然也舉皆也

有通士者有公士者有直士者有愨士者有小人者上則能尊君下則能愛民物至而應事起而辨若是則可謂通士矣物有至則能應之事有疑則能辨之通者不滯之謂也不下比以闇上不上同以疾下闇上掩上之明也疾與嫉同分爭於中不以私害之若是則可謂公士矣謂於事之中有分爭者不以私害之則可謂公正之士也身之所長上雖不知不以悖君不怨君而違悖也身之所短上雖不知不以取賞受祿不誣長短不飾以情自竭若是則可謂直士矣不矜其長不掩其短但任直道而竭盡其情也庸言必信之庸行必慎之庸常也謂言常信行常慎畏法流俗而不敢以其所獨甚法效也畏效流移之俗又不敢以其所獨善而甚過人謂不敢獨爲君子也若是則可謂愨士矣端愨不回言

無常信行無常貞唯利所在無所不傾利之所在皆傾意求之若是則可謂小人矣

公生明偏生闇端慤生通詐僞生塞多窮塞也誠信生神誠信至則通於神明中庸曰至誠如神夸誕生惑矜夸妄誕則貪惑於物也此六生者君子愼之而禹桀所以分也所以分賢愚也

欲惡取舍之權舉下事也見其可欲也則必前後慮其可惡也者見其可利也則必前後慮其可害也者而兼權之孰計之權所以平輕重者孰甚也猶成孰也然後定其欲惡取舍如是則常不大陷矣凡人之患偏傷之也偏謂見其一隅見其可欲也則不慮其可惡也者見其可利也則不顧其可害也者是以動則必陷爲則必辱是偏傷之患也

人之所惡者吾亦惡之賢人欲惡之不必異於衆人矣夫富貴者則類傲之富貴之類不論是非皆傲之也夫貧賤者則求柔

之見貧賤者皆柔屈就之也是非仁人之情也是姦人將以盜名於晻世者也險莫大焉姦人盜富貴貧賤之名於昏闇之世晻與暗同故曰盜名不如盜貨田仲史鰌不如盜也田仲齊人處於陵不食兄祿辭富貴為人灌園號曰於陵仲子史鰌衛大夫字子魚責直也

榮辱篇第四

憍泄者人之殃也泄與媟同嬻也慢也殃或為袂恭儉者偋五兵也偋當為屏却也說文有偋字僻宴也與此義不同偋防正反雖有戈矛之刺不如恭儉之利也言入人深故與人善言煖於布帛傷人之言深於矛戟故薄薄之地不得履之非地不安也危足無所履者也凡在言也薄薄謂旁薄廣大之貌危足側足也凡皆也所以廣大之地側足無所容者皆由以言害身也巨涂則讓小涂則殆雖欲不謹若云不使殆近也凡行前遠而後近故近者亦後之義謂行於道涂大道並行則讓之小道可單行則後之若能用意如此雖欲為不謹敬若有制物而不使之者儒行曰道涂不爭險易之利

快快而亡者怒也肆其快意而亡由於忿怒也察察而殘者忮也至明察而見傷殘者由於有忮害之心也博之而窮者訾也言詞辯博

而見窮慼者由於好毀訾也清之而俞濁者口也欲求其清而俞濁者在口說之過
謂言過其實也或曰絜其身則自清矣但能口說斯俞濁也俞讀爲愈豢之而俞瘠者
交也所交接非其道則必有患難雖食芻豢而更瘠也故上篇云勞倦而容貌不枯好交也辯而不
說者爭也不說不爲人所稱說或讀爲悅直立而不見知者勝
也直立謂己直人曲勝謂好勝人也廉而不見貴者劌也劌傷也刻己太
過不得中道故不見貴也勇而不見憚者貪也貪利則委曲求人故雖勇而不見憚
信而不見敬者好剸行也剸與專同專行謂不度是
非好復言如白公者也此小人之所務而君子之所不
爲也
鬬者忘其身者也忘其親者也忘其君者
也行其少頃之怒而喪終身之軀然且爲
之是忘其身也家室立殘親戚不免乎刑
戮然且爲之是忘其親也蓋當時禁鬬殺人之法戮及親戚尸子曰非人
君之用兵也以爲民傷鬬則以親戚徇一言而不顧之也君上之所惡也刑法之所
大禁也然且爲之是忘其君也憂忘其身
遭憂患刑戮而不能保其身是憂忘其身也或曰當爲下忘其身誤爲夏又夏轉誤爲憂字耳內忘其親

上忘其君是刑法之所不舍也聖王之所不畜也乳彘不觸虎乳狗不遠遊不忘其親也人也憂忘其身內忘其親上忘其君則是人也而曾狗彘之不若也凡鬭者必自以爲是而以人爲非也己誠是也人誠非也則是己君子而人小人也以君子與小人相賊害也憂以忘其身內以忘其親上以忘其君豈不過甚矣哉是人也所謂以狐父之戈钃牛矢也（時人舊有此語喻以貴而用於賤也狐父地名史記伍被曰吳王兵敗於狐父徐廣曰梁碭之閒也蓋其地山名戈其說未聞管子曰蚩尤爲雍狐之戟狐父之戈豈近此耶钃刺也之欲反故良劒謂之屬鏤亦取其刺也或讀钃爲斫）將以爲智邪則愚莫大焉將以爲利邪則害莫大焉將以爲榮邪則辱莫大焉將以爲安邪則危莫大焉人之有鬭何哉我欲屬之狂惑疾病邪則不可聖王又誅之（屬託也之欲反）我欲屬之鳥鼠禽獸邪則不可其形體又人而好惡多同（視其形體則又人也其好惡多與賢

人同但好鬭爲異耳人之有鬭何哉我甚醜之其禍如此何爲鬭也有狗彘之勇者有賈盜之勇者狗彘勇於求食賈盜勇於求財賈音古有小人之勇者有士君子之勇者小人勇於暴士君子勇於義言人有此數勇也爭飲食無廉恥不知是非不辟死傷不畏衆彊恈恈然惟利飲食之見是狗彘之勇者也辟讀爲避恈恈愛欲之貌方言云牟愛也宋魯之閒曰牟爲事利爲事及利也爲于僞反爭貨財無辭讓果敢而振猛貪而戾恈恈然唯利之見是賈盜之勇也振動也戾乖背也春秋公羊傳曰葵丘之會桓公振而矜之何休云亢陽之貌也輕死而暴是小人之勇也義之所在不傾於權不顧其利舉國而與之不爲改視重死持義而不橈是士君子之勇也雖重愛其死而執節持義不橈曲以苟生也儒行曰愛其死以有待也

鯈䱁者浮陽之魚也鯈䱁魚名浮陽謂此魚好浮於水上就陽也今字書無䱁字蓋當爲鮍說文云即鱣鮪鮍字蓋鯈魚一名鯈鮍莊子與惠子遊於濠梁之上鯈魚出遊是亦浮陽之義或曰浮陽渤海縣名也鯈音稠鮍布末反胠於沙而思水則無逮矣胠與袪同揚子雲方言云袪去也齊趙之總語去於沙謂失水去在沙上也莊子有胠篋篇亦取去之義也挂於患而欲謹則無

益矣人亦猶魚也自知者不怨人知命者不怨天怨人者窮徒怨憤於人不自修者則窮迫無所出怨天者無志有志之人但自修身遇與不遇皆歸於命故不怨天失之已反之人豈不迂乎哉迂失也反責人也榮辱之大分安危利害之常體先義而後利者榮先利而後義者辱榮者常通辱者常窮通者常制人窮者常制於人受制於人是榮辱之大分也其中雖未必皆然其大分如此矣材慤者常安利蕩悍者常危害材慤謂材性愿慤也蕩悍已解於脩身篇安利者常樂易危害者常憂險樂易歡樂平易也詩所謂愷悌者也樂易者常壽長憂險者常夭折是安危利害之常體也亦大率如此

夫天生蒸民有所以取之言天生衆民其君臣上下職業皆有取之道非其道所以敗之也志意致脩德行致厚智慮致明是天子之所以取天下也致極也言如此是乃天子之所以取天下之道也政令法舉措時聽斷公舉措時謂興力役不奪農時也上則能順天子之命下則能保百姓是諸侯之所以取

國家也志行脩臨官治上則能順上下則能保其職是士大夫之所以取田邑也循法則度量刑辟圖籍度尺丈量斗斛刑辟刑法之書左氏傳曰先王議事以制不爲刑辟圖謂模寫土地之形籍謂書其戶口之數也不知其義謹守其數愼不敢損益也若制所然父子相傳以持王公世傳法則所以保持王公言王公賴之以爲治者也是故三代雖亡治法猶存是官人百吏之所以取祿秩也孝弟愿愨軥錄疾力以敦比其事業而不敢怠傲是庶人之所以取煖衣飽食長生久視以免於刑戮也軥與拘同拘錄謂自檢束也疾力謂速力而作也敦厚也比親也言不敢怠惰也飾邪說文姦言爲倚事倚已解上倚事怪異之事陶誕突盜陶當爲檮杌之檮頑嚚之貌突凌突不順也或曰陶當爲逃隱匿其情也惕悍憍暴惕與蕩同以偷生反側於亂世之間是姦人之所以取危辱死刑也其慮之不深其擇之不謹其定取舍楛僈是其所以危也小人所以危亡由於計慮之失也楛惡也謂不堅固也材性知能君子小人一也好榮惡辱好利惡害是

君子小人之所同也若其所以求之之道則異矣小人也者疾爲誕而欲人之信己也疾爲詐而欲人之親己也禽獸之行而欲人之善己也慮之難知也行之難安也持之難立也（慮之難知謂人難測其姦詐行之難安言易顛覆也持之難立謂難扶持之也）成則必不得其所好必遇其所惡焉（雖使姦詐得成亦必有禍無福）故君子者信矣而亦欲人之信己也忠矣而亦欲人之親己也脩正治辨矣而亦欲人之善己也慮之易知也行之易安也持之易立也成則必得其所好必不遇其所惡焉是故窮則不隱通則大明（不隱謂人不能隱蔽）身死而名彌白（白彰明也）小人莫不延頸舉踵而願曰知慮材性固有以賢人矣（願猶慕也賢人謂賢過於人也）夫不知其與己無以異也則君子注錯之當而小人注錯之過也（注錯謂所注意錯履也亦與措置義同也）故孰察小人之知能足以知其有餘可

以爲君子之所爲也譬之越人安越楚人安楚君子安雅（雅正也正而有美德者謂之雅詩曰弁彼鸒斯歸飛提提鸒斯雅烏也）是非知能材性然也是注錯習俗之節異也（習俗謂所習風俗節限制之也）仁義德行常安之術也然而未必不危也汙僈突盜常危之術也然而未必不安也（僈當爲漫漫亦汙也水冒物謂之漫莊子云北人無擇曰舜以其辱行汙漫我漫莫半反莊子又曰澶漫爲樂崔云淫衍也李云縱逸也一曰漫欺誑之也）故君子道其常而小人道其怪也（道語也怪謂非常之事取以自比也）

凡人有所一同飢而欲食寒而欲煖勞而欲息好利而惡害是人之所生而有也是無待而然者也是禹桀之所同也目辨白黑美惡耳辨音聲淸濁口辨酸鹹甘苦鼻辨芬芳腥臊骨體膚理辨寒暑疾養（膚理肌膚之文理養與癢同）是又人之所常生而有也是無待而然者也是禹桀之所同也可以爲堯禹可以爲桀跖可以爲工匠可以爲農賈在

勢注錯習俗之所積爾在所積習是又人之所生而有也是無待而然者也是禹桀之所同也爲堯禹則常安榮爲桀跖則常危辱爲堯禹則常愉佚爲工匠農賈則常煩勞然而人力爲此而寡爲彼何也曰陋也言人不爲彼堯禹而爲此桀跖由於性之固陋也堯禹者非生而具者也夫起於變故成乎脩脩之爲待盡而後備者也變故患難事故也言堯禹起於憂患成於脩脩飾由於待盡物理然後乃能備之孟子曰天將降大任於是人也必先苦其心志勞其筋骨窮餓其體膚空乏其身行拂亂其所爲不能動心忍性增益其所不爲也智生於憂患而死於安樂爲于僞反人之生固小人無師無法則唯利之見爾人之生固小人又以遇亂世得亂俗是以小重小也以亂得亂也君子非得勢以臨之則無由得開內焉開小人之心而內善道也今是人之口腹安知禮義安知辭讓安知廉恥隅積言口腹無所知隅一隅謂其分也積積習亦呥呥而噍鄉鄉而飽已矣呥呥噍貌如鹽反噍嚼也才笑反鄉鄉趨飲食貌許亮反人無師無法則其心正其口

腹也人不學則心正如口腹之欲也今使人生而未嘗睹芻豢稻
粱也唯菽藿糟糠之爲睹則以至足爲在
此也俄而粲然有秉芻豢而至者則瞲然
視之曰此何怪也粲然精絜貌牛羊曰芻犬豕曰豢豢圈也以穀食於圈中瞲然驚視貌與
眡狘同禮記曰故鳥不狘許聿反眡或爲俄彼臭之而無嗛於鼻臭許又反嗛當爲慊猒也
苦廉反或下忝反嘗之而甘於口食之而安於體則莫
不弃此而取彼矣今以夫先王之道仁義
之統以相羣居以相持養以相藩飾以相
安固邪持養保養也藩飾藩蔽文飾也以夫桀跖之道是其爲

相縣也幾直夫芻豢稻粱之縣糟糠爾哉
言以先王之道與桀跖相縣豈止糟糠比芻豢哉幾讀爲豈下同然而人力爲此而寡
爲彼何也曰陋也陋也者天下之公患也
公共有此患也人之大殃大害也故曰仁者好告示
人告之示之靡之儇之鈆之重之靡順從也儇疾也火緣反
靡之儇之猶言緩之急之也鈆與沿同循也撫循之申重之也則夫塞者俄且通也陋
者俄且僩也愚者俄且知也僩與憪同猛也方言云晉魏之閒謂猛爲僩陋

者俄且僩言鄙陋之人俄且矜莊有儀也詩云瑟兮僩兮鄭云僩寬大也下板反是若不行則湯武在上曷益桀紂在上曷損若不行告示之道則湯武何益於天下桀紂何損於百姓所以貴湯武賤桀紂以行與不行耳湯武存則天下從而治桀紂存則天下從而亂如是者豈非人之情固可與如此可與如彼也哉

人之情食欲有芻豢衣欲有文繡行欲有輿馬又欲夫餘財蓄積之富也皆人之所貴也然而窮年累世不知不足是人之情也不知不足當爲不知足剩不字耳或曰不足猶不得也今人之生也方知畜雞狗豬彘又畜牛羊然而食不敢有酒肉餘刀布有囷窌刀布皆錢也刀取其利布取其廣囷廩也圓曰囷方曰廩窌窖也地藏曰窖窌匹貌反然而衣不敢有絲帛約者有筐篋之藏然而行不敢有輿馬約儉嗇也筐篋藏布帛者也言又富於餘刀布也是何也非不欲也幾不長慮顧後而恐無以繼之故也於是又節用御欲御制也或作禦止也收斂畜藏以繼之也是於己長慮顧後幾不甚善矣哉幾亦

（讀爲豈）今夫偷生淺知之屬曾此而不知也（偷生苟且也）食太侈不顧其後俄則屈安窮矣（屈竭也安語助也猶言屈然窮矣安已解上也）是其所以不免於凍餓操瓢囊爲溝壑中瘠者也（乞食羸瘦於溝壑者言不知久遠生業故至於此也）況夫先王之道仁義之統詩書禮樂之分乎（爲生業尚不能知況能知其遠大者分制也扶問反）彼固天下之大慮也將爲天下生民之屬長慮顧後而保萬世也其汸長矣其温厚矣其功盛姚遠矣（汸古流字温猶足也言先王之道於生人其爲温足也亦厚矣姚與遙同言功業之盛甚長遠也）非孰脩爲之君子莫之能知也（孰甚也甚脩飾作爲之君子也）故曰短綆不可以汲深井之泉知不幾者不可與及聖人之言（綆索也幾近也謂不近於習也）夫詩書禮樂之分固非庸人之所知也故曰一之而可再也（既知一則務知二）有之而可久也（不可中道而廢）廣之而可通也（知禮樂廣博則於事可通）慮之而可安也（思慮禮樂則無危懼）反鉛察之而俞可好也（鉛與沿同循也既知禮樂之後却循察之愈可好而不厭俞音愈）以治情則利（利益也禮記曰聖人之所以治人七情脩

十義捨禮何以治之以爲名則榮以羣則和以獨則足知詩書禮樂羣居則和同獨處則自足也樂意者其是邪樂意莫過於此夫貴爲天子富有天下是人情之所同欲也然則從人之欲則勢不能容物不能贍也故先王案爲之制禮義以分之以禮義分別上下也使貴賤之等長幼之差知賢愚能不能之分皆使人載其事而各得其宜載行也任之也然後使愨祿多少厚薄之稱愨實也謂實其祿使當其才稱尺證反是夫羣居和一之

道也故仁人在上則農以力盡田賈以察盡財百工以巧盡械器盡謂精於事察謂明其盈虛說文云有盛爲械無盛爲器士大夫以上至於公侯莫不以其仁厚知能盡官職夫是之謂至平各當其分雖貴賤不同然謂之至平也故或祿天下而不自以爲多謂爲天子以天下爲祿也或監門御旅抱關擊柝而不自以爲寡監門主門也御讀爲迓迓旅逆旅也抱關門卒也擊柝擊木所以警夜者皆知其分故雖賤而不以爲寡也故曰斬而齊枉而順不同而一夫是之謂人倫舊有此語引以喻貴賤雖不同

不以齊一然而要歸於治也斬而齊謂彊斬之使齊若漢書之一切者枉而順雖枉曲不直然而歸於順也不同而一謂殊途同歸也夫如此是人之倫理也詩曰受小共大共爲下國駿蒙此之謂也詩殷頌長發之篇共執也駿大也蒙讀爲庬厚也今詩作駿庬言湯執大玉小玉大厚於下國言下皆賴其德也

荀子卷第二